La momie
qui puait des pieds

Les Éditions du Boréal remercient le Conseil des Arts du Canada ainsi que le ministère du Patrimoine canadien et la SODEC pour leur soutien financier.

© 1998 Les Éditions du Boréal
Dépôt légal : 4e trimestre 1998
Bibliothèque nationale du Québec

Diffusion au Canada : Dimedia
Distribution et diffusion en Europe : Les Éditions du Seuil

Données de catalogage avant publication (Canada)
    Chauveau, Philippe, 1960-

    La momie qui puait des pieds

    (Boréal Maboul)

    (Les Aventures de Billy Bob ; 5)

    Pour enfants.

    ISBN 2-89052-911-8

    I. Simard, Rémy. II. Titre. III. Collection. IV. Collection : Chauveau, Philippe, 1960-   . Aventures de Billy Bob ; 5.

PS8555.H439M65	1998	jC843'.54	C98-941039-0
PS9555.H439M65	1998		
PZ23.C42Mo	1998		

La momie
qui puait des pieds

texte de Philippe Chauveau
illustrations de Rémy Simard

Boréal Maboul

1

Ça sent les pieds

— Oui, ça sent les pieds, grimace Billy Bob.

— SNIFFFFF, fait Bobo.

Il renifle comme un éléphant enrhumé puis ajoute :

— Moi, je ne sens rien du tout.

Billy Bob fait une nouvelle grimace et continue :

— C'est incroyable ! Il n'y a personne pour nous servir. Ce bureau de poste est plus vide qu'un pot de crème glacée qui serait resté cinq minutes entre tes mains.

— SNIFFFFF, refait Bobo qui ne trouve rien pour se moucher.

Billy Bob veut envoyer une carte postale à sa mère-grand, mais il n'y a aucun employé dans le bureau de poste. Billy Bob fait le tour du comptoir et ouvre une porte. Il se retrouve dans un énorme entrepôt. Devant lui s'élèvent d'immenses étagères et des montagnes de boîtes. Sur une affiche, Billy Bob lit : ENTREPÔT DU COURRIER PERDU.

Billy Bob saisit une boîte couverte de poussière.

— Ça alors ! s'écrie-t-il. Je n'en crois pas mes yeux !

Il va s'emparer d'une nouvelle boîte lorsqu'il entend :

— AHHHHHHH…

C'est la voix de son ami Bobo ! Le sang de Billy Bob ne fait qu'un tour. Il s'élance, plus rapide qu'une flèche à réaction. Il repasse la porte et se retrouve dans le bureau de poste. Son ami Bobo semble figé sur place. Il a les yeux très grands et il ouvre une bouche immense.

Bobo est timbré

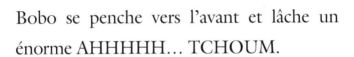

Bobo se penche vers l'avant et lâche un énorme AHHHHH… TCHOUM.

Bobo a éternué comme douze éléphants qui auraient avalé du poivre. Billy Bob évite un ouragan de postillons et soupire de soulagement :

— Tu m'as fait peur, espèce d'idiot enrhumé. J'ai cru que tu t'étais fait mal. Et mets ta main devant ta bouche quand tu éternues.

— POUET ! répond Bobo en se mouchant avec ce qui lui tombe sous la main.

Il n'a pas vu que c'était une feuille de timbres. Billy Bob le regarde et éclate de rire. Bobo demande :

— Qu'est-ce qui te fait rire ?

Entre deux éclats de rire, Billy Bob réussit à dire :

— Bobo, tu es sûrement la plus grosse carte postale du monde ! Mais je ne sais pas comment on va te glisser dans la boîte aux lettres.

En disant cela, Billy Bob se remet à rire. Bobo s'inquiète. Il croit que son ami est un peu timbré, c'est-à-dire un peu fou. Soudain la porte du bureau de poste s'ouvre. Nos

deux amis se retournent. Un garçon de huit ans est là et les regarde en faisant une affreuse grimace. Son regard descend vers les pieds de Billy Bob.

Celui-ci, qui change de chaussettes tous les matins, se défend :

— Ce n'est pas nous. C'est le bureau de poste qui sent les pieds sales. Je m'appelle Billy Bob et voici mon ami Bobo.

Billy Bob se remet à rire. Le garçon se pince le nez en disant à Bobo :

— Moi, c'est Martin. Qu'est-ce que vous faites avec un timbre sur le nez ?

Bobo, surpris, porte la main à son visage et décolle un gros timbre. Il rougit comme un homard timide. C'est donc pour cela que Billy Bob riait ! Bobo jette à son ami un regard pas content. Un regard en forme de pince de homard pas content du tout. Il respire un grand coup et dit à Billy Bob qui rit de plus belle :

— SNIFFF, très drôle, vraiment très drôle…

Billy Bob demande à Martin :

— Tu connais ça, l'Entrepôt du courrier perdu ?

Martin lui répond en faisant le tour du comptoir :

— Ils perdent des tas de choses à la poste. Un jour, ils ont égaré un éléphant dans une boîte aux lettres. Un éléphant au complet ! Et tout ce qu'ils égarent, ils l'envoient ici. Il y a des objets qui sont perdus depuis des centaines d'années dans cet entrepôt.

Billy Bob confirme :

— C'est vrai. Je suis tombé sur un colis

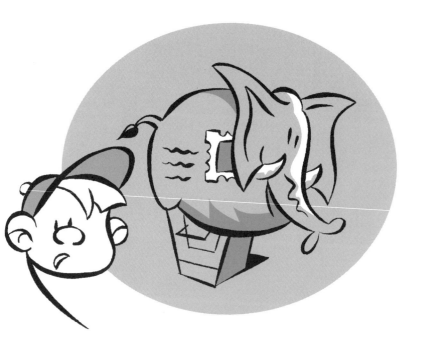

vieux de cent ans. Et il n'y a personne pour nous servir ? Les postiers sont perdus eux aussi ?

Martin ouvre la porte de l'entrepôt. Il répond en disparaissant :

— Je vais voir si je les trouve. Ils ne dorment jamais loin.

Bobo et Billy Bob restent seuls. Bobo a un peu envie de plier Billy Bob en douze pour le glisser dans une enveloppe. Billy Bob sourit en regardant Bobo lorsqu'un horrible cri de terreur secoue le bureau de poste.

— C'est Martin ! s'exclame Billy Bob.

3

Un drôle de rouleau...

Billy Bob a les réflexes plus aiguisés qu'une dent de requin. Il saute par-dessus le comptoir avant que le cri ne cesse et disparaît par la porte qui ouvre sur l'entrepôt.

Bobo tente lui aussi de sauter, mais il ne réussit qu'à faire une grosse bosse au comptoir. Il retombe lourdement et décide d'en faire le tour.

Billy Bob s'arrête pile en entrant dans l'entrepôt. Une terrible odeur de pieds lui saute à la gorge. Billy Bob n'arrive plus à respirer. Il porte les mains à son cou. Il sent qu'il va perdre connaissance. Il tombe à genoux.

Au même moment, Bobo arrive en trombe. Il ne parvient pas à s'arrêter et fonce droit dans son ami. Les deux roulent au milieu des boîtes de carton. Bobo se redresse en premier. Il a la tête dans l'une des boîtes, mais il est trop énervé pour s'en rendre compte. Il s'écrie :

— Billy… Je suis aveugle ! ! !

Billy Bob ne répond pas. Bobo

s'alarme encore plus. Il a peur d'être devenu sourd. Il porte les mains à sa tête et il finit par comprendre qu'il est coiffé d'une boîte. Il la retire et aperçoit son ami, à quatre pattes. Bobo s'inquiète :

— Ça va, Billy Bob ? Je t'ai fait mal ?

— Très mal, répond faiblement son ami. Mais la douleur m'a réveillé. Cette odeur de pieds était en train de m'étouffer.

Bobo renifle à faire pâlir douze aspirateurs, mais il ne sent rien de rien de rien de cette odeur qui a étourdi son ami. Billy Bob se relève. Il a déjà retrouvé son sang-froid et son regard d'acier. Il dit avec autorité :

— Bobo, cette histoire sent mauvais. Je crois que Martin est en danger.

— SNIFF, répond Bobo pour l'appuyer.

Puis, après un instant de réflexion, il ajoute :

— J'aimerais bien trouver du papier de toilette pour me moucher.

Billy Bob le reprend :

— Bobo, je t'ai dit cent fois qu'on ne dit pas du papier de toilette. On dit du papier hygiénique.

Bobo regarde ailleurs. Il sait bien qu'il ne s'en rappellera jamais.

Billy Bob s'éloigne déjà. Bobo reste un instant immobile. Son nez coule. Ses yeux pleurent. Il scrute le labyrinthe de boîtes et, soudain, il découvre, contre une porte, un petit écriteau portant le mot « Toilettes ».

Bobo se précipite dans la pièce. Il y voit une montagne de rouleaux de papier de toilette empilés jusqu'au plafond.

Bobo ne prend pas la peine de choisir. Il saisit un bout de papier qui dépasse. Il se rend compte que ce n'est pas du papier de toilette. C'est une sorte de tissu. Mais Bobo n'a plus le temps de chercher autre chose. Il va éternuer. Il tire le tissu et commence à se moucher bruyamment.

Tout à coup, le tissu lui échappe des mains comme si quelqu'un en tirait l'autre bout. Bobo, surpris, finit de se moucher dans ses doigts. Fâché, il lève les yeux. La montagne de rouleaux bouge. Une forme humaine, complètement enroulée dans du tissu blanc, s'avance vers Bobo.

Celui-ci pâlit. En un éclair au caramel, il comprend qu'il vient de se moucher dans les bandelettes d'une momie !

Bobo réagit le premier :

— AAAAHHHHHHH!!!

La momie s'avance en faisant :

— GGRRRRRR.

4

Momie et trappes à souris

Bobo est terrifié. Il ne peut pas bouger. Il fait :

— ATCHOUM !

Il a éternué au visage de la momie sans se mettre la main devant la bouche. La momie ouvre de grands yeux terrifiés sous ses bandelettes puis elle s'enfuit en hurlant et en défonçant la porte.

La momie passe devant Billy Bob. Il a juste le temps de s'écarter pour ne pas se

faire piétiner. La momie se dirige vers le fond de l'entrepôt. Billy Bob, qui est un champion de la course à pied, la poursuit. Il va la rattraper, mais tout à coup il pense à Bobo, son ami. Il se demande s'il ne lui est pas arrivé un malheur. La momie lui a peut-être écrabouillé les orteils ? Billy Bob s'arrête. Il revient sur ses pas en criant :

— Bobo, où es-tu ?

— SNUPLLLSNIFFF, répond Bobo qui apparaît, armé de deux rouleaux de papier de toilette.

Il est blanc comme un mouchoir blanc et il bredouille :

— J'ai, j'ai... j'ai vu une momie qui portait des bottes de cow-boy.

Billy Bob hoche la tête. Il n'est pas encore

rassuré. Bobo reste sans voix mais son estomac se met à grogner comme une tondeuse.
Bobo s'écrie :

— Je mangerais bien une pizza !

Billy Bob est rassuré. Si Bobo a faim, c'est
que tout va bien. Billy Bob explique à Bobo
qu'il a, lui aussi, vu la momie et qu'elle est
partie vers le fond de l'entrepôt.

Ils s'avancent prudemment dans cette
direction. Soudain Billy Bob arrête Bobo en
murmurant :

— Là…

Bobo sursaute. Il cherche la momie. Billy
Bob pointe du doigt le plancher. Bobo aperçoit alors un tapis gris par terre. Un tapis gris
avec des petits points noirs brillants comme
de minuscules perles noires.

Bobo demande :

— Ça bouge, un tapis ?

Billy Bob répond avec une voix plus mince qu'un dix sous :

— Un tapis, non. Des souris, oui.

Des centaines de souris grises reniflent vers les deux amis. Billy Bob avance prudemment d'un pas. Les souris s'écartent. Il avance encore. Bobo n'ose pas bouger. Les souris laissent passer Billy Bob. Bobo hésite puis, quand il voit que le tapis de souris va se refermer derrière son ami, il se précipite derrière celui-ci. Il se précipite tellement qu'il lui fonce dans le dos. Les deux amis s'écroulent au milieu des souris et ils se retrouvent nez à nez avec un gros morceau de fromage.

Bobo voit le fromage. Son estomac perd les pédales et Bobo perd la tête. Il s'élance. Il va saisir le morceau de fromage quand Billy Bob, d'une main de fer, arrête son geste :

— Regarde !

Bobo regarde. Des dizaines de morceaux de fromage sont placés dans des pièges à souris. Nos amis sont devant un véritable barrage de trappes à souris. Bobo comprend que Billy Bob a sauvé la vie de ses doigts, mais il a l'estomac triste. Il se lamente :

— Du fromage… Des tas de fromage… Et les pauvres souris. Elles savent qu'elles ne peuvent pas y goûter.

Billy Bob enjambe déjà les trappes. Il pense à Martin. Il est inquiet :

— Bobo, je pense à Martin et je suis inquiet. Continuons. L'odeur de pieds est plus forte par ici et ce n'est pas à cause du fromage. Je crois que la momie n'est pas loin.

— SNIFFF, fait encore Bobo qui aimerait bien sentir l'odeur du fromage mais qui a toujours le nez bouché.

Il répète :

— Les pauvres souris ! L'odeur va les rendre folles.

Ils n'ont pas fait soixante-deux pas que Billy Bob se cache vivement derrière un tas de boîtes. Bobo l'imite. La momie est là !

5

Billy Bob est une momie

La momie a l'air d'une momie. Elle a installé Martin sur une pile de boîtes et elle a commencé à l'emballer. Derrière elle sont alignées quatre autres momies, le long du mur. Bobo souffle :

— Tu as vu ce qu'elles ont sur la tête ? On dirait des casquettes de postier.

Billy Bob répond tout bas :

— Elle a déjà emballé les employés du bureau de poste. C'est pour ça qu'il n'y avait

personne pour nous servir. Bientôt Martin
ira les rejoindre si nous ne trouvons pas une
idée tout de suite.

Bobo espère qu'il n'ira pas rejoindre, lui
aussi, les momies. Il se mouche. Il échappe
un rouleau. Il le ramasse. En se redressant, il
voit que Billy Bob le regarde en souriant.

Bobo vérifie s'il n'a pas encore un timbre sur le visage, mais Billy Bob le rassure :

— J'ai une idée. Donne-moi tes rouleaux.

Bobo obéit en demandant :

— Tu veux te moucher toi aussi ? Excuse-moi si je t'ai donné mon rhume.

Billy Bob continue à sourire sans dire un mot. Il commence à s'enrouler dans le papier. En deux minutes, il se transforme en momie de papier de toilette. Bobo est éberlué. Il devine que Billy Bob sourit toujours, mais, avec les bandelettes, ce n'est pas évident. Billy Bob-momie parle :

— Comme ça, je vais pouvoir m'approcher de Martin.

Bobo a très peur de laisser son meilleur ami affronter le danger armé seulement de

deux rouleaux de papier déroulés. Il soupire : SNIFF, SNIFFF et RESNIFFF.

La momie a fini d'emballer Martin. Elle le
met à côté des autres momies. Puis elle
s'éloigne pour ranger ses bandelettes. Billy

Bob ne perd pas de temps. Dès que la momie a le dos tourné, il se glisse à côté des autres momies. Tout se déroule bien. La momie passe devant Billy Bob-momie et ne remarque rien. Elle s'éloigne de nouveau.

Billy Bob s'empare de Martin et revient en vitesse le confier à Bobo. Il murmure à travers le papier :

— On ne peut pas laisser les autres entre les bandelettes de cette momie. J'y retourne ! Toi, déballe Martin.

Bobo trouve que Billy Bob est brave comme un lion du désert. Il est tellement ému qu'il se moucherait bien dans Billy Bob s'il ne se retenait pas. Mais Billy Bob est déjà reparti. Bobo déballe Martin qui est évanoui mais vivant.

Billy Bob s'est dirigé vers les momies des postiers, mais il n'est pas habitué à courir tout emballé de papier de toilette. Il trébuche et tombe. La momie sursaute et l'aperçoit.

Ça sent mauvais

Billy Bob est par terre. Il ne bouge pas. Il fait le mort et il espère que la momie va le prendre pour Martin.

Bobo, qui observe la scène, est rongé d'inquiétude comme un os de poulet après le passage d'une colonne de fourmis légionnaires.

La momie se rapproche. Billy Bob est prêt à se battre. La momie s'arrête et commence à enlever une botte. Qu'est-ce qu'elle fait ? se demande Billy Bob. Elle se déshabille ? La momie réussit à enlever sa botte et découvre un pied orange, mauve et noir. Une odeur couleur caca d'oie s'échappe du pied et saute sur Billy Bob.

Aussitôt Billy Bob rejette la tête en arrière. L'odeur est épaisse comme du sirop de cho-

colat. Cela sent plus mauvais qu'une réunion de mille moufettes. Le visage de Billy Bob devient vert sous les bandelettes. Il porte les mains à sa gorge. Il est assailli par une odeur de pieds pas lavés depuis cinq mille ans. Une odeur de pieds vieille comme les pyramides d'Égypte.

Est-ce que Billy Bob va périr étouffé dans du papier de toilette ? Non.

Bobo jaillit de sa cachette. La momie se tient sur un seul pied. Bobo fait sauter l'autre d'une jambette. Il hurle :

— Vite, Billy Bob. Sauvons-nous.

Bobo veut s'enfuir mais Billy Bob l'attrape par une jambe et le retient. Bobo se débat. Il crie :

— Lâche-moi, Billy Bob. Tu es devenu fou ?

Billy Bob ne répond pas. Bobo essaie de se libérer, mais, déjà, une masse de bandelettes d'une force prodigieuse s'abat sur son épaule.

7

Des chaussettes dans les yeux

Ça y est : Bobo est entre les mains de la momie. Elle le transporte sur le tas de boîtes et elle commence à le transformer lui aussi en momie.

Bobo ne comprend pas pourquoi son ami l'a empêché de partir. Il essaie de lui parler mais Billy Bob ne réagit pas : il a les yeux ouverts, mais c'est comme si son regard passait à travers Bobo qui, lui, n'en revient pas. C'est tout simplement impossible !

Puis, soudain, il voit une lueur en forme de chaussette dans les yeux de Billy Bob! L'odeur de pieds s'est emparée du cerveau de son ami. Billy Bob n'est pas vraiment là. Il est envoûté par l'odeur de pieds sales.

Bobo croit rêver. Son estomac grogne tellement qu'il en tremble de tout son corps. Ça lui chatouille le nez. Il a envie d'éternuer mais il a les deux mains attachées et Billy

Bob-momie lui immobilise les épaules. Bobo ne peut plus se retenir :

— AAATCHOUMMM !

Billy Bob reçoit le tout en plein visage. Il secoue la tête puis chicane :

— Ouache ! Mets tes mains devant ta bouche, je te l'ai déjà dit !

Bobo est désolé :

— Excuse-moi, dit-il.

C'est alors que Bobo s'aperçoit que Billy Bob l'a reconnu, qu'il n'est plus envoûté par l'odeur de pieds et que son regard a repris sa couleur habituelle d'écaille de caïman. Les postillons l'ont ramené à la réalité. Bobo s'écrie :

— Tu me reconnais, Billy Bob ? Tu étais envoûté par l'odeur de pieds…

Mais Billy Bob a déjà tout compris. Il veut déballer Bobo quand la momie s'interpose. Elle place un pied horrible devant le visage de Billy Bob qui retient sa respiration en essayant de se libérer, mais il n'y parvient pas. Ses poumons vont exploser. Dans un dernier souffle, il crie :

— Mange, Bobo, mange !

Bobo est encore trop emballé pour pouvoir aider son ami. Il se tortille par terre comme un matou pris dans les fils d'une pelote de laine. Mais ce n'est pas au cerveau, ni aux muscles de Bobo que Billy Bob a parlé. C'est à son estomac. Et l'estomac de Bobo est capable de faire des miracles.

L'estomac de Bobo commence à s'agiter. Il se gonfle. Il devient aussi énorme que la moitié d'un dinosaure moyen. CRAC! Les bandelettes explosent de tous les côtés. Bobo et son estomac sont enfin libres. Au même moment, Billy Bob succombe sous le poids de l'infecte odeur de pieds. La momie se prépare à attraper Bobo, mais, soudain, elle se penche en arrière et…

— ATCHOUM!

La momie a éternué. Elle a attrapé le rhume de Bobo. Or, il n'y a rien de plus terrible que d'éternuer dans des bandelettes! La momie en a partout : dans les yeux, dans le nez, dans la bouche…

Bobo et son estomac en profitent. Ils abandonnent Billy Bob à son triste sort et ils se précipitent tous deux sur les trappes à souris. Dans le temps de le dire, ils avalent tous

les morceaux de fromage. CLAP! CLAP!
Les pièges se referment sur Bobo, sur ses
doigts, sur ses fesses, sur sa langue… CLAP!
CLAP! CLAP! Mais Bobo ne sent rien, il
mange!

Et il ne voit pas que, derrière lui, Billy
Bob et la momie avancent. Ils l'attrapent et
l'entraînent une autre fois vers les boîtes.
Bobo voit que Billy Bob a, de nouveau, des
chaussettes dans les yeux. Il se dit que, cette
fois-ci, tout est vraiment perdu!

8

Il ne reste plus rien

Billy Bob et la momie recommencent à emballer Bobo, même si ce n'est pas un cadeau. Bobo se laisse faire. Son estomac est content mais, lui, il commence à avoir très mal partout.

Sur le plancher, les souris tournent autour des pièges. Elles voient bien qu'il s'est passé quelque chose mais elles se demandent où est le fromage. Soudain elles reniflent une odeur plus forte que tous les fromages. Elles hésitent un instant puis, comme une meute, elles se précipitent sur les pieds de la momie.

La momie essaie de se défendre, mais elle a affaire à des centaines de souris qui plantent leurs petites dents pointues dans les bandelettes. L'odeur les rend folles. Elles grimpent plus haut.

La momie tombe et disparaît sous les souris. Pendant quelques secondes, les bandelettes volent à droite et à gauche. Puis les souris s'en vont.

Il ne reste plus rien de la momie.

Il ne reste que Billy Bob qui a toujours des chaussettes dans les yeux.

Il ne reste que Bobo qui ne sait rien de rien parce qu'il vient de s'évanouir.

Aaaatchoum !

Bobo se réveille. Il essaie de bouger mais il se sent coincé. Il se rappelle soudainement toute l'histoire de la momie. Il appelle son meilleur ami :

— Billy Bob, réveille-toi, Billy Bob, au secours…

Billy Bob lui répond :

— Du calme, Bobo, reste calme. Tout va bien. Martin nous a sortis du pétrin. Et tous les postiers sont sains et saufs aussi.

Bobo ouvre les yeux. Billy Bob est là. Martin aussi, qui explique :

— Quand je suis revenu à moi, il n'y avait plus trace de la momie. Billy Bob s'est réveillé très vite, mais toi, tu ne bougeais pas.

Billy Bob enchaîne :

— Cette momie était perdue dans le courrier depuis cinq mille ans, à ce que les postiers nous ont raconté. Elle a dû se réveiller quand les souris ont rongé son sarcophage.

Bobo cherche à se relever quand il voit deux bras, recouverts de bandages, se dresser devant lui. Il croit que la momie est de retour. Il hurle :

— Elle est là, appelez les souris, vite !

Billy Bob et Martin éclatent de rire. Billy Bob rassure Bobo :

— Ce n'est pas la momie que tu viens de voir, ce sont tes bras. Après ton aventure avec les pièges à souris, les médecins ont dû s'occuper de toi.

Bobo se regarde. Il est couché dans un lit d'hôpital et il est enveloppé de pansements de la tête aux pieds. Il ne sait pas quoi dire, alors il s'écrie :

— J'ai… j'ai faim, moi…

— Ne t'inquiète pas, promet Billy Bob, tu vas pouvoir manger… avec une paille !

— Avec une paille ? gémit Bobo, c'est horriblement horrible !

Mais le plus horriblement horrible, c'est que Bobo sent qu'il va bientôt éternuer…

— Ahhhhh…

C'est quoi, Maboul ?

Quand tu commences à lire, c'est parfois difficile.

Avec **Boréal Maboul,** ça devient facile.

- Tu choisis les séries qui te plaisent.

- Tu retrouves tes héros favoris.

- Les histoires sont captivantes.

- Les chapitres sont courts.

- Les mots et les phrases sont simples.

- Les illustrations t'aident à bien comprendre l'histoire.

Les Éditions du Boréal
4447, rue Saint-Denis
Montréal (Québec) H2J 2L2
www.editionsboreal.qc.ca

MISE EN PAGES ET TYPOGRAPHIE :
LES ÉDITIONS DU BORÉAL

CE CINQUIÈME TIRAGE A ÉTÉ ACHEVÉ D'IMPRIMER EN NOVEMBRE 2005
SUR LES PRESSES DE L'IMPRIMERIE METROLITHO
À SHERBROOKE (QUÉBEC).